BATALLA DE GALLOS

El silencio no es una opción

Primera edición: marzo de 2023

Dirección editorial: Berta Márquez
Coordinación editorial: Carolina Pérez
Dirección de arte: Lara Peces
Diseño de cubierta e interiores: Julián Muñoz

Impresores, 2
Parque Empresarial Prado del Espino
28660 Boadilla del Monte (Madrid)
www.grupo-sm.com

ISBN: 978-84-1962-104-7
Depósito legal: M-3669-2023
Impreso en la UE / *Printed in EU*

Este libro va para aquellos que nunca dejaron de luchar por sus sueños; para quienes abrieron sus puertas al arte y se agarraron a ella como vía de escape. Y también se lo dedicamos a aquellos tipos extraños que decidieron emprender un nuevo camino y hoy componen este libro; nunca imaginamos que podríamos llegar cerca de donde estamos ahora.

A todos vosotros. A todos nosotros.

Índice

ogo

El *freestyle* me cambió la vida.

Ya lo había hecho el rap antes, pero el *freestyle* fue y sigue siendo importantísimo para mí.

Muchos de vosotros os estaréis preguntando qué es esto del *freestyle*. Para mí es sencillo: rapear improvisando la letra, dejar que tu cerebro vaya creando de forma automática rimas a las que tienes que dar un contexto y un significado real. De ahí su dificultad. No olvidemos que además hay que hacerlo siguiendo un patrón rítmico que, dependiendo de la instrumental, puede ser más o menos complejo.

Esta disciplina se hizo conocida en España con las *batallas de freestyle*. En un principio, consistían básicamente en enfrentar a dos raperos, que se medían a base de improperios e injurias utilizando como argumentos habituales los defectos físicos o artísticos del rival.

Actualmente se utilizan diversos estímulos. Sigue existiendo el duelo frontal, pero con modos más comprometedores. Se les pide que durante su intervención usen palabras que van apareciendo en una pantalla, objetos que deben sacar de un baúl, temáticas concretas a las que ceñirse en su discurso, etc. Algo que haga más evidente aún que están improvisando.

El nivel de los mejores del mundo actualmente, en comparación a los de mi época, es desproporcionado. Los raperos han ido creciendo y adaptándose a unas formas que en nuestro tiempo ni siquiera existían.

Me llamo José Javier Sánchez Meroño,
pero en el mundo artístico
me conocen como Piezas.

Soy rapero. Sí, rapero. Escribo y canto RAP. Tengo siete trabajos musicales en mi haber junto a mi socio Jayder y me di a conocer públicamente cuando gané la Batalla Nacional de los Gallos de Red Bull en 2008.

Recuerdo con ternura aquellos tiempos en los que empezaba a coquetear con todo este mundillo; nos movíamos por pura inercia y con toda la inocencia del mundo. Mi círculo de amigos fue surgiendo de forma totalmente espontánea. Compartíamos gustos e inquietudes («Ah, ¿a ti también te gusta esto? Hagamos música juntos».). Y así, poco a poco, fuimos creando un gran círculo, que también me fue desligando del poco nexo que me quedaba con amistades de la infancia.

Recuerdo tardes y noches en los parques del barrio, sentados en los bancos, cantando a todas horas. En mi grupo yo era el único que improvisaba, y me hacían improvisar continuamente; se partían de risa con los disparates que se me ocurrían. Me alentaban para que le diera valía a lo que se me daba bien. Y empecé a hacerme notar en eventos, corros, etc. Eso me llevó a conocer a Jayder, que, aparte de convertirse en mi mejor amigo, fue desde el principio mi principal apoyo. Además de grabarme y trabajar sin descanso en mis discos, me apuntaba, sin yo saberlo, a competiciones de *freestyle*. Yo ni siquiera tenía coche. Él me llevaba adonde tocase. Y ganábamos prácticamente todas las competiciones a las que íbamos. Ahí fue cuando me di cuenta de que tenía que dar un paso más: tenía que ser el mejor del país.

Lo conseguí.

Y me siento muy orgulloso. De mí y de todos los que creyeron en mí desde un principio.

Fue un hito, sí. Pero una vez conseguido, decidí centrarme de lleno en mi verdadera pasión, que a su vez fue la que me llevo a improvisar. La música.

Soy un rapero que hace *freestyle*, no un *freestyler*. Seguí con la música porque siempre fue mi principal inquietud, pero lo que ganaba no era suficiente para dedicarme a ello por completo, así que terminé trabajando en fábricas y almacenes varios mientras intentaba compatibilizarlo con crear música y dar conciertos.

Me fui a vivir a Sabadell, lejos de mi Murcia natal y de mi familia, con mi mujer y mi hija, que ahora tiene 11 años. Durante un tiempo llevamos la vida normal de cualquier familia trabajadora. Mi rutina era ser José Javier de lunes a viernes y Piezas los sábados que tenía conciertos.

Lo mejor de haber tenido esta trayectoria y haberme visto «obligado» a compaginar dos tipos de vida completamente distintos es que siempre mantuve los pies en el suelo. No niego que hubiese sido bonito sentirme una *rockstar* y llevar una vida loca durante algunos años, pero no me arrepiento de nada. No cambiaría nada.

Recuerdo con nostalgia aquellos viernes en los que me tocaba salir a toda prisa del trabajo para coger el coche, un tren o un avión para ir a otra ciudad a tocar. Unas veces para cientos de personas; otras, para cincuenta. Lo mejor de todo fue estar siempre arropado, acompañado por las personas que estaban conmigo y me seguían allá adonde fuera. El éxito no es solo llenar una sala y salir con el bolsillo a rebosar. El éxito va más allá. Horas y horas de viaje en la furgoneta, improvisando, contando anécdotas, versionando canciones a tiempo real, llorando de la risa. A veces destrozados por trasnochar, preocupados por haber perdido algo, tristes por haber palmado pasta en un concierto... Para mí, el éxito es tener algo que contar. Y mi hija y mis posibles nietos se van a hartar.

Hace unos dos años, volví a retomar el contacto con el mundo del *freestyle*, gracias a Urban Roosters y su competición, la Freestyle Master Series (FMS). Viendo una batalla de Papo contra RepliK, me sorprendí a mí mismo reviviendo las sensaciones que me transmitía el *freestyle* cuando empecé. A lo largo de mis 36 años, nunca he tenido problema en admitir que estaba equivocado cuando lo he estado. Creo que uno de los mayores actos de cobardía es no ser honesto. Yo renegué del *freestyle*, de su evolución (que en muchos momentos me pareció lo contrario), de las redes sociales, de YouTube, de Twitch... Y ahora me dedico a todo ello. Retomé mi canal de Twitch para algunas emisiones de charla y *freestyle*, se empezó a crear una comunidad fiel y un día acabé retransmitiendo una FMS con Papo, a quien siempre estaré agradecido por su respeto, cariño y apoyo. Ese día se duplicó el alcance del canal en seguidores, e inició la bola de nieve que sigue rodando hoy en día.

Actualmente, soy creador de contenido en Twitch y YouTube, embajador de Giants, un equipo de *e-sports*, y colaboro con múltiples marcas y proyectos. Todo esto sería inviable sin el altavoz que me han proporcionado mi trayectoria y amistades dentro del rap y del *freestyle*.

Urban Roosters me incluyó en su *network* de creadores de contenido y pude usarlo libremente; mis canales crecieron. Tanto que hace un año pude dejar el almacén y dedicarme en cuerpo y alma a la música y a la creación de contenido. Esta temporada, he dado un paso más allá en la relación con Urban y soy parte del equipo de jurados de la FMS España. También colaboro a menudo con Red Bull como *caster* o juez.

He encontrado en estas plataformas y en mi comunidad un lugar en el que se valora mi trabajo y mi capacidad para comunicar.

No hay nada más duro que sentir que, aunque lo des todo en tu labor, el entorno de trabajo no lo valora. Este nuevo camino me enseñó que no tiene por qué ser así. O, al menos, no para siempre.

He visto cómo el *freestyle* ha crecido y se ha profesionalizado. Hoy en día, el *freestyle* ya es una industria seria, y sigue creciendo a un ritmo que hace años habría mareado a cualquiera, pero que ya hemos normalizado. La diversificación dentro del sector es el primer indicador de que esto va para arriba, de la mano de perfiles tan destacados como Gazir, Skone, Blon, Chuty, Sara Socas..., dando el salto de ser únicamente competidores a abrir el abanico para presentarse como escritores, actores, promotores u otras profesiones que se están abriendo camino dentro de la disciplina.

Mi vida ha cambiado radicalmente a mejor gracias a retomar mi relación con el *freestyle* y apostar a ciegas por mi talento y mi filosofía de trabajo.

Siempre se me dio bien improvisar.

Respecto a los autores que vas a encontrar en este libro, solo puedo proferir cariño y admiración. Desde Marithea hasta Gazir, pasando por Mnak, Tirpa y Hander. Todos ellos habituados a la presión de ser alguien para lo ajeno, a veces esclavos de expectativas impuestas y del gesto afable impostado. Con tanto afuera, es difícil voltear los ojos y mirar hacia dentro. Me consta que lo hacen y de la mejor forma. Escribiendo. Hace tiempo dije que escribía porque de algo hay que morirse. Y esa es la única fórmula que conozco para hacer brotar vida de la misma muerte. En la era de la fugacidad, de la interacción vacía, de los algoritmos condicionantes, temas como la salud mental, el amor y el desamor, la toxicidad, la autoestima... pasan inadvertidos con mucha frecuencia. Pero, amigos, los golpes de realidad llegan y esos dos niños que bajo una gabardina simulan ser adultos sofisticados terminan siendo solo eso: niños. Creo que todos lo somos. Y, si no es así, nunca debimos dejar de serlo.

Aceptar, Redimir, Reponerse y Afrontar.

Tal vez leyéndolos escuches algo que siempre supiste, pero nunca te quisiste decir. Hazlo útil, PARA TI.

No quisiera morir sin conocerme
Ni conocerme como para morir sin perdonarme
Al menos morir es para siempre
Y siempre se puede morir por alguien

No quisiera morir, pero si muero disculpadme
Ya que en vida quise ser como la muerte
Apenas se te busca y aunque se te espera
Nadie se altera si llegas tarde

¿Quién no moriría por un día?
¿Quién no moriría por un día?
Para ver quiénes le lloran y quién llora de alegría
Dime, ¿quién no moriría por un día?

¿Quién no moriría por un día? Dime, ¿quién?
Yo si pudiera lo haría
Volvería y le diría a aquel que llora de alegría:
«Que te jodan, no es mi hora todavía».

Fragmento de la canción *Vian*, de Piezas y Jayder,
inspirada en el poema *No quisiera morir*,
del poeta francés Boris Vian

EL RAP ESTÁ EN LA CALLE Y EL SILENCIO YA NO ES UNA OPCIÓN.

Cinco de los mejores *freestylers* se enfrentan a los temas que protagonizan la vida, desde la infancia hasta la muerte, pasando por el amor, el desamor, las relaciones tóxicas o el futuro.

Duelos frontales y batallas a cinco voces recorren las páginas de este cuaderno del rap, en el que palabras y obras de arte se entrecruzan para comprometer los temas y ensalzar la pericia de los participantes.

MNAK

GAZIR

TIRPA

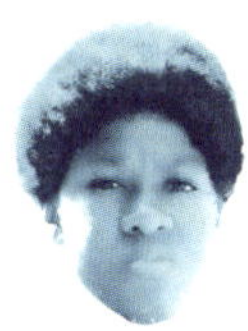

MARITHEA

HANDER

Que comience la batalla

...3 ...2 ...1 1... 2... 3...

INFA

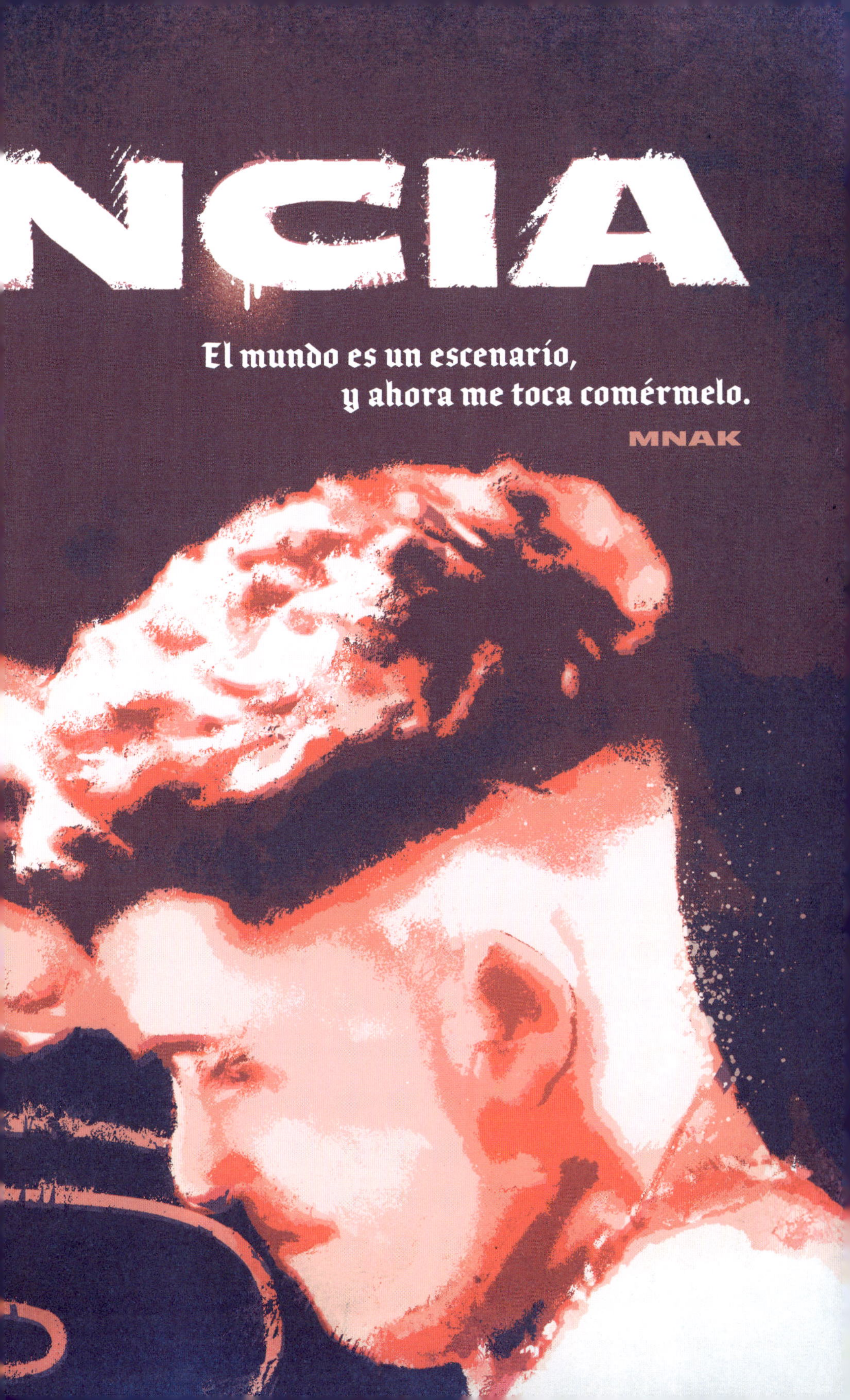
NÇIA
El mundo es un escenario,
y ahora me toca comérmelo.
MNAK

Darle vida a los demás a través de nuestras rimas;
uno se marchará; otro se quedará arriba.
¿Te volveré a ver?
Tú tranquilo, confía,
que el tiempo es muy sabio,
usa la ambición de guía.
Tengo ganas de salir y saber lo que me espera,
yo voy a quedarme aquí, aún no tengo que estar fuera.
No te olvides de la pluma, de la tinta y la cadena,
por si tienes que volver a buscar alguna idea.

¿El destino ya está escrito? Se trata de improvisar,
y aunque ahora tú te vayas nos volveremos a juntar;
el arte es un camino, se hace camino al rimar,
alimenta sus oídos, colorea su mirar.

Creceré con otro cuerpo, otra sombra, otro aspecto.
¿Podrás reconocerme?
Siempre he sabido hacerlo,
el mundo es un escenario, y ahora me toca comérmelo.
Tú espérame ahí abajo porque vamos a cumplir
lo que siempre prometimos desde antes de salir.
Cada vez recuerdo menos por qué vine de allí,
aquí no conozco a nadie, aunque ellos a mí sí;
mi madre me repite «vas a hacerlo, confía en mí,
aquí tienes tu maleta, te toca jugar a ti».
Entre miles de miradas solo una reconocí,
cegado por los focos sabía que sería así.
¿Me has echado de menos? Ya estoy por aquí,
sube al escenario, que yo voy detrás de ti.

FAM

ILIA

La família es como la luna:
sirve de guía aunque lejana.

MARITHEA

sangre

gato

luna

Obra de Keith Haring.

La familia es como la *luna*: sirve de guía aunque lejana
Papá con voz que conforta, mamá con caricias que sanan
Lazos tejidos que forman hermanos y hermanas
Que sirven de soporte como el *gato* sobre la rama
Cuando ya no hay salida te sirve como ventana
Tabla de salvación en un mar de relaciones vanas
El último refugio si el mundo llegase a arder en llamas
Pero el primer lugar si necesitas escuchar que te aman
La existencia es hostil y los deseos reclaman
En la sociedad actual las expectativas afanan
Si no olvidas tus raíces siempre podrás volver mañana
Todos con el sol a las espaldas porque la *sangre* llama.

Todos con el sol a las espaldas porque la *sangre* llama
Si hay algo que sé en la vida, solo es que mamá me ama
En la suerte y en la desdicha, en las buenas y en las malas
Aunque yo apriete el gatillo ella interceptará la bala.

La familia, que nos cuida y nos protege de los males
Cuyos lazos son de *sangre*, son de afecto y son totales
En los días más oscuros y en los que se hacen iguales
Traen la luz sobre su espalda enseñándome que el sol sale.

Relamiendo las heridas como un *gato* en el tejado
Y si tuviese siete vidas, siete pasaría a su lado
Ellos traen cada mañana el amanecer dorado
Y yo les bajaré la *luna* **como los enamorados**.

Como los enamorados viéndote nacer entre lágrimas y *sangre*
aunque tengas la sensación de no conocer a nadie
llegas a un mundo desconocido para respirar su aire
y ellos te dan su calor y un amor incalculable
te cuidan, te enseñan, te arropan y aman
te alimentan y educan sin pedirte a cambio nada
yo soy la *luna* y ellos el sol saliendo por la mañana
pues si brillo es gracias a ellos que iluminan mi mirada
soñaba con tener siete vidas como un *gato* al alcanzar
[la juventud
pero aun así hubiesen sido pocas para mostrarles
[mi gratitud
ahora tengo claro que hasta el día en que me vaya
[al ataúd
daría todo por ellos aunque me costase la salud
es irónica la vida vista de cierto modo
pues hay gente a la que le das el dedo y agarran el codo
pero la familia está siempre ahí para no dejarnos solos
y a los que no conocías de nada ahora **se han convertido**
[en todo.

Se han convertido en todo y, cuanto más kilómetros me separan de ellos, más cuenta me doy. La familia es como la *luna* a la que miras cuando necesitas contar algo pero no buscas respuesta, ahí está, pues, no es solo el mero hecho de compartir *sangre* con otras personas sino que también existe la familia que tú vas formando con el paso del tiempo, como un *gato* callejero que descubre a otros gatos con los que comparte más de la mitad de su vida.

Yo tengo lazos de sangre con gente que no lleva mi ADN, personas que demuestran que van a estar ahí por más que el tiempo pase, por más que el tiempo pese. Mi madre me dio a mis hermanos y también me dio los valores para saber distinguir entre quién puede ser mi familia y quién no. Desde pequeños aprendimos que «familia» no era una simple palabra, era una construcción que nunca termina, pues, si falla un pilar, se derrumbaría.

Bien o mal pero estamos, la familia,
a casi mil kilómetros, de distancia,
pero la cosa no cambia ni aunque queramos,
ese no lleva mi sangre y yo sé que es mi hermano.

Ese no lleva mi sangre y yo sé que es mi hermano
La cosa no cambia ni aunque queramos
Y sobre todo no cambia cómo nos queremos
Por muy lejos que esté sois mis familiares cercanos
Los que me veían bueno en mis momentos malos
Los que me alejan lo malo en los momentos buenos

No hace falta compartir *sangre* para compartir plato
Ni para ser familia pues hay madres que llaman «hijo» al *gato*
Porque los hijos somos ese felino que, aunque huya fuera
[un rato,
Siempre termina volviendo guiado más por el corazón
[que por el olfato

Me pregunto si debería haberme quedado en su regazo
Pero cómo no querer ir a la *luna* si me volvieron Pegaso
Yo pensaba que por no quedarme en casa me recibirían
[con rechazo
Pero vi que cualquier sueño que cumpla sigue siendo
[mecido por sus brazos

Aprendí que no necesita tu ADN un hermano o hermana
Al irme del nido a una edad temprana
Nací ave, mis padres me dieron alas
Por eso di la vuelta al mundo y volví con una bandada
De gente que considero familia y no nos parecemos nada
Puedo no verlos en diez años que no olvido sus caras
Y aunque por ahora seguiré el camino que el destino depara
Sé que mi casilla de partida es el final al que volveré mañana.

SEXUA

Todos los momentos mágicos
se parecen en algo.
MNAK
ALIDAD

comienzo

experto

miedo

Mujer con espejo, Fernando Botero.

¿No tenías *miedo* a ese momento?

Era mayor la ilusión tras esperarlo tanto tiempo
Cada roce originaba una chispa que me recorría todo el cuerpo
Ahí comprendí que es una unión entre el mundo interior
[y el externo

¿Me das un consejo para cuando esté ahí?

Tu confianza en el otro refleja la que hay en ti
Disfruta del trance que provoca estar así
Como Botero valora que hasta el arte quiera dormir

¿Qué pensaste cuando te ibas?

Que nadie es *experto* al *comienzo* de la partida
Sentía tener el don de poder crear la vida
Y también de cambiar la mía hacia otra perspectiva

Pero ¿de qué primera vez me estás hablando?

De la primera vez en la que pisé un escenario
Aunque entiendo la confusión que te he estado provocando
Todos los momentos mágicos se parecen en algo.

BULL

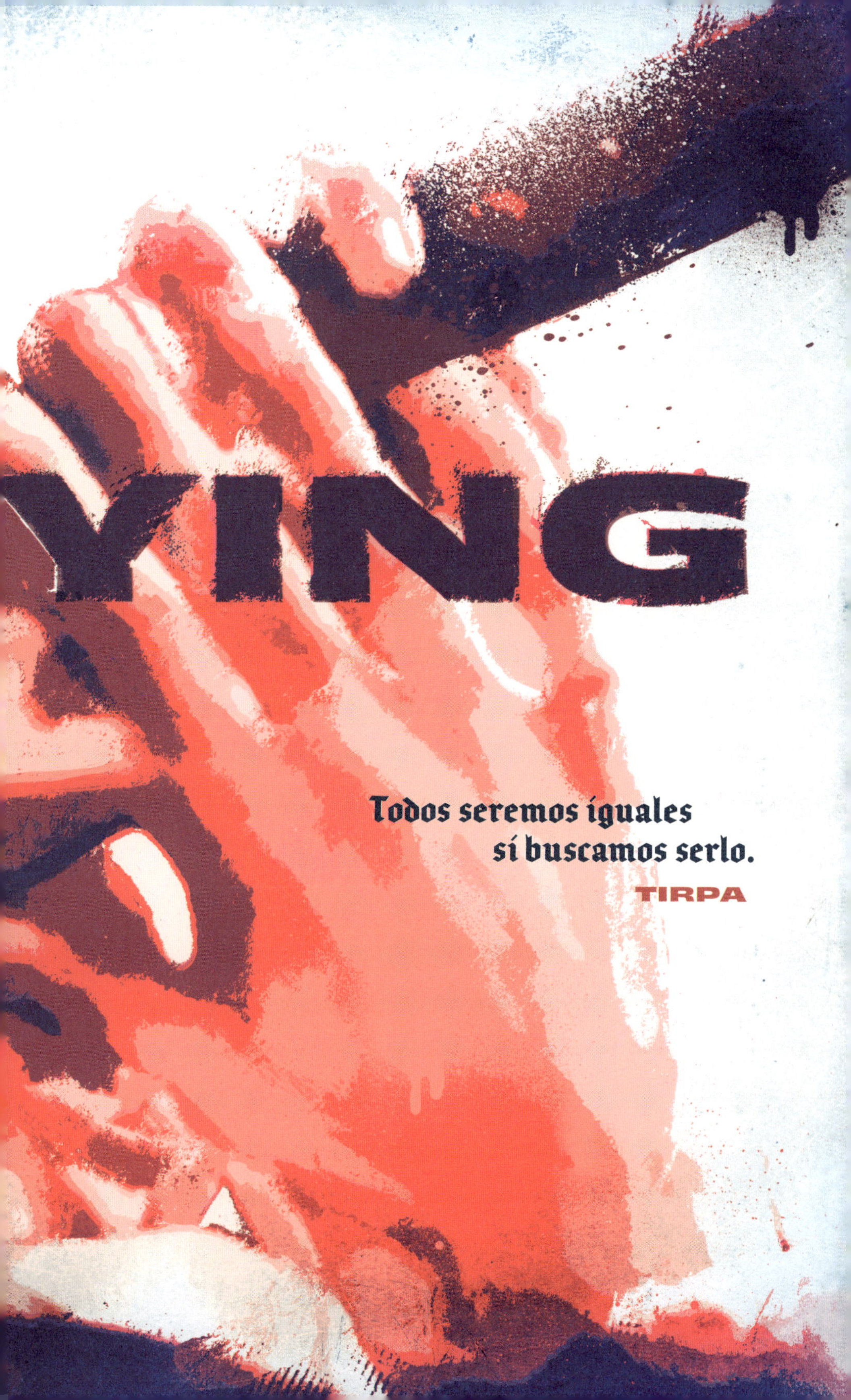
YING
Todos seremos iguales
sí buscamos serlo.
TIRPA

equilibrio

insomnio

cuaderno

Arroz con pollo, Jean-Michel Basquiat.

Si pudiese ver al yo de hace unos años le diría
Que hasta el caos encuentra su propio *equilibrio* algún día
Yo que caminé con miedo frente a una clase vacía
Ya llené más de un estadio y mil almas como la mía

Alguna vez cambié y jamás debí beber del elixir
De querer ser quien no se es para ver si así se es feliz
Pero encontré la luz real, vivir odiando no es vivir
Y ellos viven odiando tanto que parecen querer morir

Como en las obras de Basquiat me sirvieron la comida
Ya venía envenenada y nadie veía mi partida
Erizos en mis pestañas que con la noche caída
Tratan de olvidar pero el *insomnio* gana la partida

Muertos o vivos, buenos, malos, sea blanco o negro
Todos seremos iguales si buscamos serlo
El niño que se escondía detrás de su *cuaderno*
Hoy alienta a los demás a que **dejen de hacerlo**.

Dejen de hacerlo, ya es suficiente.

Una frase que nunca pudo utilizarse para paliar una guerra en la que unos ojos observan con superioridad al resto. Ya no existe la ley del más fuerte, pues más fuerte es el que piensa con claridad y sabe distinguir entre lo bueno y lo malo, pero por desgracia uno de los problemas más habituales es el de la falta de distinción. Solo entendemos el dolor cuando lo vivimos en nuestras carnes, solo vemos la violencia cuando la recibimos o cuando algún familiar la recibe.

Lucho por el *equilibrio* y la igualdad, lucho por las largas noches de *insomnio* que sufren las víctimas del acoso, lucho por no luchar. Estudiarán mis palabras en balística, pues mi *cuaderno* servirá de vía de escape para todo aquel que esté buscando un camino alternativo, cuando la piedra no pueda sortearse, quiero ser como Basquiat, **una pausa agradable**.

Una pausa agradable mientras pienso en lo que duele
Se convirtió en *insomnio* que hace que me desvele
Viendo una propaganda antibullying por la tele
Que no se hace efectiva pero logra que me consuele
Sin que olvide a todas las personas que hieren
Y miran un *cuaderno* esperando que se inviertan los papeles
Las personas lastimadas lastiman aunque no quieren
El impulso hace que piensen en el *equilibrio* de poderes
Ojalá la vida fuera como arroz y pollo con tardes que vuelen
Donde la humanidad reunida **comparta sus placeres.**

Comparto mis placeres como Basquiat
siempre que se pueda,
buscando el *equilibrio* perfecto
para que gire la rueda,
rueda que no encaja con los demás
de alguna manera...

Me acerco y sonrío,
sonríen y me pegan
no entiendo el porqué
de no encajar en la escuela,
me quitan el *cuaderno*
y hasta las gomas nuevas...

Vuelvo a casa un día más
sin contar mis problemas,
intento descansar,
pero el *insomnio* me desvela.

Aprendo, crezco, sufro, callo, avanzo y perdono,
maduro y siento que no todo está al alcance de todos
y sigo viendo a esa gente haciendo lo que hacen
[mientras reflexiono:
«*quizá necesiten un amigo para no sentirse solos*».

Me acerco y descubro que tienen bastantes líos,
líos que al interesarme ya los tomo como míos,
los ayudo y les doy calor cuando sienten frío
me acerco y sonríen, **sonríen y sonrío**.

Sonríen y sonrío, aunque no me apetezca nada
Lloro cuando leo que ayer mi *cuaderno* lloraba
Maldigo mi mala suerte ilimitada
Las semanas buenas duran días y los días malos semanas

Siento que decepciono a quien me puso un plato, ya no
[tengo hambre
Y a quien me puso una cama, pues el *insomnio* no quiere
[despertarme
Pero ¿soy yo el que fracasa?, ¿soy yo el decepcionante?,
¿o lo es quien duerme y come tranquilo, pero se divierte
[al humillarme?

Me culpo a mí mismo porque... porque... ¿por qué?
[¿Qué he hecho mal?
El *equilibrio* en la vida no siempre es como el ying y el yang
No tiene que existir mi tristeza para que exista su felicidad
Si ya existe mi opinión sobre mí, no tiene que existir
[la de los demás

El tiempo cura las heridas, el espacio las rebaja
En el futuro el que se hizo fuerte triunfa y el cobarde fracasa
No han de pedirme perdón a mí, que se lo pidan a sí mismos
[si por un espejo pasan
Pues es quien se crio lanzando piedras quien nunca podrá
[usarlas para construir su casa.

VIA

JES
A la ida voy con poco,
a la vuelta traigo más.
GAZIR

azul

mochila

libro

El caminante, Alberto Giacometti.

...3 ...2 ...1 1... 2... 3...

Oye, tú, ¿por qué vas tan deprisa?
Viajo por trabajo, pero me olvidé la visa.
Sin la documentación, ni despegas ni aterrizas,
perdón, soy de los que hasta la maleta la improvisa.

¿Cuál es el destino de tu viaje?
Voy hacia Colombia, Bogotá.
¿Y por qué llevas tan poco equipaje?
A la ida voy con poco, a la vuelta traigo más.

¿Qué llevas en la *mochila*?
Una chaqueta, un *libro* y el sentido de mi vida.
¿Puedes abrirla un momento antes de irte a la fila?
Claro, señor agente (digo con la conciencia tranquila).

¿Qué es esa caja *azul* y por qué tratas de guardarla?
(No pudo responder se quedó como una estatua).
Solo hay un micrófono.
Tengo que requisarla.
Es algo inofensivo, dentro guardo mi alma.
Te conozco, chaval, en tus manos es un arma.

AUTOÉ

Eres único en el mundo
y siempre lo vas a ser.
HANDER
STIMA

pestañas

Abrazo, Roy Lichtenstein.

En la *pestaña* del párpado del ojo que mira al espejo
Los labios de la boca del rostro que quiere besar complejos
Del alma en el pecho que anhela un par de consejos
Para el cuerpo en la habitación que solo ve pellejo
En los traumas de la mente de recuerdos viejos
De la sensación punzante de muchos dolores añejos
Que se hacen presentes a mi lado solo si lo dejo
Pintar con sigilo en los bordes de un cuadro complejo
De ansiedad que intenta colarse desde el bosquejo
Pero sonrío a las dudas y con premura las despejo
Abrazo con solidez a la figura del reflejo
Hacemos las paces y dejamos los puntos parejos
Con un cuarto Lichtenstein me asemejo.

Como Lechowsky dijo, para aprender a amar a los demás, primero aprendí a amarme a mí mismo.

Así que aprendí, me quise, me valoré, porque así siempre habrá alguien en el mundo para el que seas perfecto y, si no es para nadie más, al menos, serás para ti mismo.

Quiérete, como una madre quiere a su bebé,
Uniendo sus brazos como una enredadera en la pared
Insisto, quiérete, aunque nadie más lo vaya a hacer
Eres único en el mundo y siempre lo vas a ser
Respétate, igual que le tienes respeto a la muerte
Estando en constante alerta por si un día viene a verte
Tú, y solo tú, eres capaz de ser, de quererte
Eres todo lo que necesitas en la vida para ser fuerte.

Vive, sal, disfruta como si fuese el último día
Ama, ríe, llora hasta empapar tus *pestañas* de alegría
Lucha, sufre y aprende aunque sientas cobardía
Olvida que hay límites, y no limites tu vida
Recuerda que la vida es corta, frente a la eternidad
A todos se nos olvida que un día no estaremos
Toma el control de tu vida, frente a la adversidad
Eres tú, y solo tú, en un mundo en el que **escasean**
[los te quiero.

Escasean los te quiero
volaron los albatros
me dijo que vendría tarde
pero ya eran más de las cuatro.

¿A quién estamos esperando?,
pregunta mi otro Yo,
solo estamos esperando,
la *pestaña* se cerró.

Cuando la abrí no vi a nadie
porque nadie vendría,
¿quién querría enamorarse
de un alma tan vacía?

Empezaré por mí primero
para cegar con mi luz
yo soy lo único que quiero,
ya no hay hueco para el TÚ.

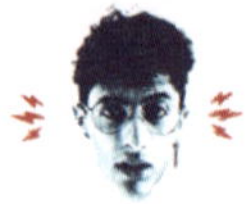

Ya no hay hueco para el tú, que cada noche al dormir
Hace la vista gorda a aquello bueno que hay en mí.
Cuando cerré las *pestañas* fue cuando lo comprendí:
Incluso cuando estás solo siempre hay un amigo en ti.

Me mentí frente al reflejo que veía mi semblante
Por complejos del espejo o de lo que tenía delante
El de la imagen me abrazó, y me dijo: «Ve adelante.
Pase lo que pase, siempre estaré ahí para apoyarte».

Una lágrima cayó, y como un pañuelo blanco
Puso fin a los disparos que me hacían llorar tanto
Ya no hay guerra en mi interior, dije a mi yo más amargo
Nos hemos odiado tanto que hoy **solo nos queda amarnos**.

Solo nos queda amarnos, como cuando tuve una cita conmigo.
Fui nervioso, no sabía si me habría convencido.
Tenía mucho frío, aunque llevaba dos abrigos.
Y por los nervios y la inseguridad, hasta tropecé de camino.
Fue bien, no sabía que me reunía con alguien tan divertido.
De vuelta, tropecé en el mismo bache, pero esta vez
[no había caído.
Noté que alguien me sostenía, miré y nadie estaba conmigo.
Ahí entendí que ahora iba siempre junto a mi mejor amigo.

Los humanos nos creemos monumentos,
queremos que otros admiren nuestro exterior perfecto.
Pero no hay que ser escultores, hay que ser arquitectos.
Saber conformarnos con el interior, aunque no lo vea
[el resto.
Pues son como *pestañas* los sentimientos,
nos pueden hacer llorar si se nos meten muy dentro.
Pero, por suerte, somos la cura a ese defecto,
porque para vernos bien no necesitamos tener los ojos
[abiertos.

PŘIVA

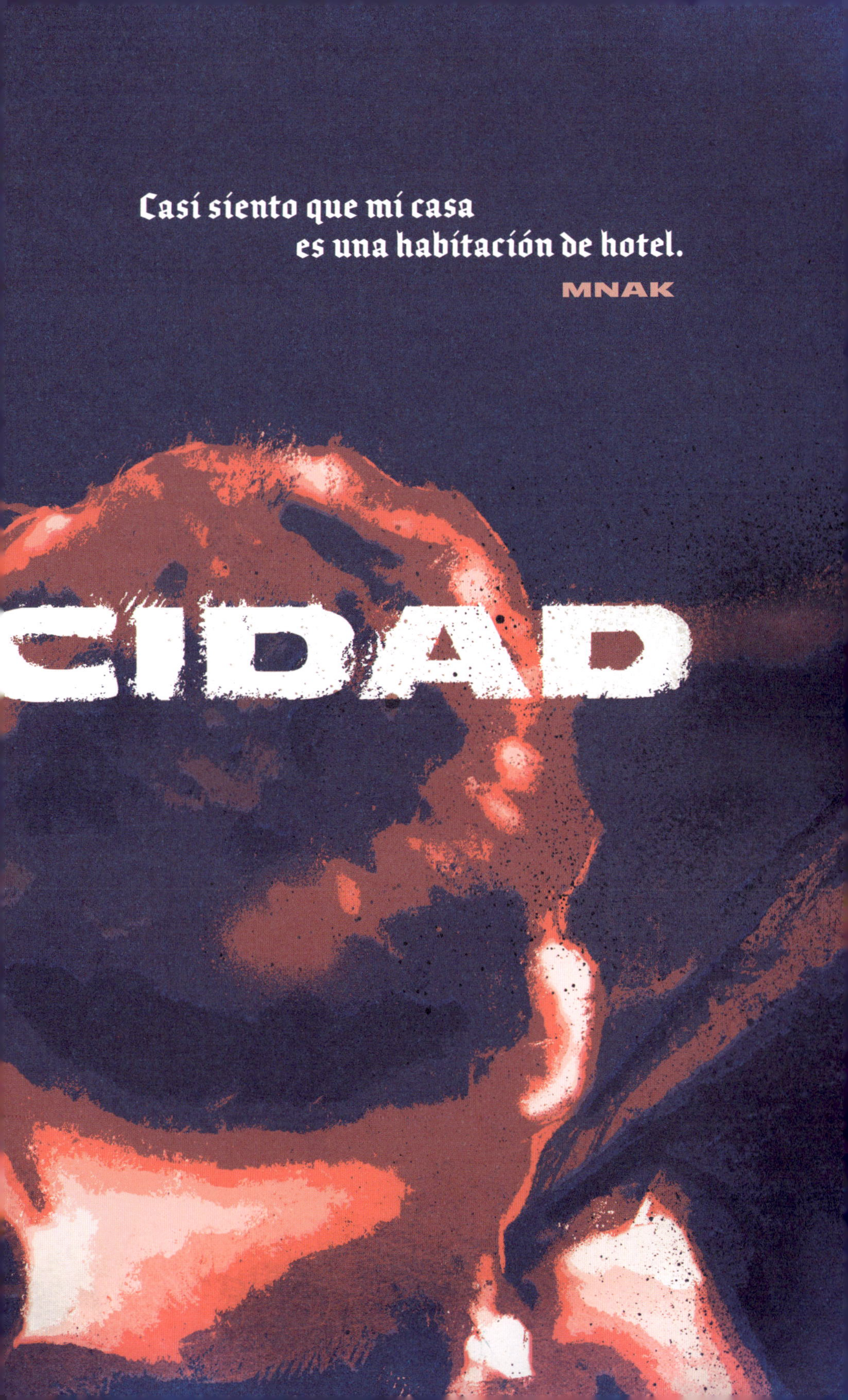
Casi siento que mi casa
es una habitación de hotel.
MNAK
CIDAD

hogar

micro

justicia

El grito, Edvard Munch.

Ahora déjame ese *micro* y le daré voz al silencio
porque si el que calla otorga yo ya tengo otro precio

Solo cuando grito y no me escuchan me conciencio
de que incluso la *justicia* puede ser un privilegio

Siento que miles de personas me miran pero nadie me ve
mirar al foco ciega pero que te miren también

Me privaron de mi voz y de mi *hogar* a la vez
Casi siento que mi casa es una habitación de hotel.

SALU
MEN

Solo es momentánea la paz
que tanto ansías y buscas.

MARITHEA

Number 16, Jackson Pollock.

Inspiro llantos de locura en cada línea que escribo
y, si lo que escribo no lo cura, son llantos
[lo que te inspiro.
Espiro el aire nocivo de un corazón resentido
a una velocidad de vértigo que simula un gemido.
Una cárcel mental cuyos barrotes solo yo imagino
en una celda de aislamiento fría al final de un camino.

¿Acaso no es obvio? Vivimos en un hoyo indefinido,
los de arriba mean a los de abajo y los de abajo
[pensamos que es vino.
Y cuando ella toma el control se aceleran los latidos
y oyes esa especie de *Hakuna Matata* interpretada
[por Cupido.
Solo el sonido de una voz puede relajar esos suspiros,
voz que al decirte te quiero te hace dormir tranquilo.

Yo lo he sufrido, pesadillas que tratan de acabar contigo,
noches sudorosas en una soga que te mantiene cautivo
y cuando esa soga se destensa y sientes que estás vivo
no es que todo haya terminado, solo que hoy
[ya te has dormido.

Ya te has dormido, es un hasta luego y no un hasta nunca
Solo es momentánea la paz que tanto ansías y buscas
Al abrir los ojos vendrán todas las penas juntas
¿Qué pasaría si a alguien le preguntas?

«No estés triste, todo va a estar bien
Quizá solo sea producto del estrés
Hay días en que la vida no va al cien
¿Necesitas ayuda? ¿Según quién?»

Siento que me agoto ánimos flojos
ya ni me noto solo escucho el reloj... CUCÚ

No sale en fotos, solo cambio el rostro
es invisible a los ojos, pero por dentro... CABÚM

Se prenden los focos rojos, algo está roto
y respiro un poco pensando si es tema tabú

Lo uno y lo otro entonces me enfoco,
según para locos, pero **es un asunto de salud**

Es por salud, y una vez más cae la noche
Con peso de guillotina
Y donde afloraban rosas
Brotan mil tallos de espinas

Otra vez retumba el viento
De mi conciencia dormida
Susurrando en las ventanas
Con una voz intranquila

Hormigueos en mis manos
Que temblando entumecidas
Buscan abrirle la puerta
A este callejón sin salida

Alzo la bandera blanca
De esta batalla perdida
Y entre miles de disparos
Me entrego a una voz amiga

Esa voz llega a mi almohada
Dejándome en una esquina
La ansiedad duerme en mi cama
Es **una vieja conocida**

Una vieja conocida
una visita inesperada
un dolor en la barriga
una voz que grita ¡para!

Porque si de mí dependiera
podría dormir
pero ella es una fiera
y quiere quedarse a vivir.

¡Márchate, necesito pensar!,
le grito desde la cama.
Levántate, tenemos que hablar,
me susurra la almohada.

Desaparece y vuelve
vuelve y desaparece
sin alimentarse crece
y si la alimentas muerde.

Y si la alimentas muerde,
como ese gato que tapa su inseguridad
con los colmillos.
Y si la empujas regresa más fuerte
como ese columpio de cuando todo era
un juego de niños.

A veces se prefiere ir a la muerte,
que siempre espera al final del pasillo,
que frenarnos y hacer frente
al ente que nos agarra los tobillos.

Nos agarra los tobillos mientras
nos obligan a caminar.
Nos dicen que cerremos los ojos y así es cuando
[lo vemos más.
Lo contagiamos sin querer, como bostezar.
Si vives mareado, grita al mundo:
¡Para de girar!

No hay mayor fortaleza que la honestidad.
Por eso, buscar ayuda no es una debilidad.
Después de tanto ruido del eco en la soledad
aprendimos que no está mal decir
que se está mal.

MEDIOS
COMUN

Estáis haciendo con los medios
cerebros de cemento.

MNAK

DE CACIÓN

horas

viral

suave

Televisión y cemento, Wolf Vostell.

¿Crees que lo tuyo es un trabajo o un fenómeno *viral*?

Lo hago por pie propio, lo que piensen me da igual,
aunque duerma dos *horas* porque tengo que viajar,
aunque dejara mi casa y todo mi pasado atrás,
lo que hago es lo que amo y no lo llamo trabajar.

Pero ¿no piensas que lo que hacéis
no es ningún tipo de ejemplo?

Claro que lo es, de sacrificio y esfuerzo.

No usáis lenguaje *suave*, os gritáis todo el tiempo.
¿No ha habido situaciones en las que los competidores
se han puesto violentos?

Los que compiten en el escenario se abrazan tras el evento,
pero como solo os quedáis con el dos por ciento,
estáis haciendo con los medios cerebros de cemento.

APA

IENCIA
FÍSICA

La opinión sobre algo
nunca dibujó su forma.

TIRPA

seguridad

espejo

cuerda

La Gioconda, Leonardo da Vinci.

El mundo, como la Gioconda, nos observa siempre,
con mirada de juez con el acusado enfrente.
Nosotros muriendo de pena si nos dan pena de muerte,
como si su opinión fuese una ley existente.

La opinión solo define al que opina, funciona como
[un *espejo*
Difícil apreciar la perspectiva, por algo se llaman complejos
Ignora una crítica que salga de quien no aceptarías consejo
Nos odiamos por no gustar a quien mira,
pero te ves desde dentro, ellos desde lejos

Tienen estrías en la conciencia, enana la dignidad
Mal vestida su decencia y horrible su moral
Juegan al pillapilla con la *(in)seguridad*
Quieren quitarse su carga pasándosela a los demás

No quiero quedarme encajado por encajar
No me define lo definido que me verán
Como soy lo que como soy libertad
He visto que como me visto solo me desnuda más

La piel es más bonita que cualquier traje
Y prefieren que en el cuello tengas una *cuerda*
[que un tatuaje
Pero una imagen vale más que mil palabras
así que no dejes que más de mil palabras **valgan más**
[que tu imagen.

¿**Que valga más tu imagen** que tus intenciones?
Muchas veces el *espejo* te juzga y el entorno también
Se valora más el rostro que los corazones
Por la simple vista ignoramos el ser
Como con la Gioconda, no sabemos de sus emociones
Solo apreciamos los colores que podemos ver
Una fina *cuerda* sostiene esas convenciones
Que socialmente se consideran bien
Cada vez hay menos personas que lo cuestionen
Aunque el alma esté brillando, siempre valdrá más la piel
La *seguridad* es esa armadura que te pones
Contra lo convencional y la crítica cruel
Ignora los señalamientos y esquiva las opiniones
Que **el carácter es algo que el tiempo no puede deshacer.**

El carácter es algo que el tiempo no puede deshacer
Y la opinión sobre algo nunca dibujó su forma
Como observar la *Gioconda* y tener ese don de ver
Que cada punto de vista reluce según sus sombras.

Una *cuerda*, una viga y una vida destrozada
Porque con *seguridad* la inseguridad le ataba
Nadie le aceptó en su forma ni su gente más cercana
Pero la salud mental se hizo tendencia esa semana.

Entonces, si todo es superficial, me pregunto,
¿Importa más la contraportada o el argumento?
Triste pero perfecto reflejo de nuestro mundo,
Que busca en el *espejo* los complejos que hay **por dentro**.

Por dentro no podían verme
Nunca les dejé hacerlo
Pensaban que mi chaqueta verde
Me hacía estar más contento

Nada más lejos de la realidad
Pues seguía roto por dentro
Un *espejo* que no dice la verdad
Es una cremallera en todo el cuerpo

Razones de peso para pensar
Que es el peso la razón
De si te van a aceptar
O a cerrarte el ascensor

A mí las *cuerdas* que me atan
A los juicios más mundanos
No son caras o baratas
Son valores como humano

Si hoy siento *seguridad*
Desnúdame la sonrisa
Pues por todo lo que juro
No se paga con la visa.

No se puede pagar con visa el valor de una sonrisa,
igual que no se puede juzgar el arte de la Mona Lisa,
igual que no se puede juzgar a las personas tan deprisa,
pues el que avisa no es traidor, solo traiciona quien no avisa

a mí me suelen mirar mal, dicen que les caigo mal,
cuando ni me han conocido en realidad,
solo por mi *seguridad* o por mi forma de hablar
y cuando me conocen suelen decirme «perdóname
[por juzgar»

como al que no le gusta estudiar y le dicen que no va
[a trabajar
y acaba teniendo un trabajo mejor que el que le iban
[a enseñar,
como el que se retoca las fotos en Instagram y se ve
[genial
y si al verle en persona no es lo que esperabas usas
[cualquier *cuerda* para escapar

como al que le digo que me dedico al rap y me mira mal,
pensando que fumo y bebo en un parque sin ni siquiera
[preguntar,
pero la vida es un *espejo* en el que te debes mirar,
pues tú también puedes causar mala imagen a vista
[de los demás.

REDE
SOCI

Buenos días!!!

GAZIR

hashtags

seguidores

opaco

Canto de las espigas, MARUJA MALLO.

@ GazirGPS: Buenos días!!!

@ Paquito93: Buenos días? Tú sabes lo que ha subido el precio de la gasolina esta semana? Que fácil hablar desde la burbujita en la que vivís...

@ Misterio9201293: Nada sorprendente, este tío siempre me ha caído fatal

@ Paquito93: Le has conocido en persona?

@ Misterio9201293: No, qué va, pero una vez le pedí un saludo para un amigo y me ignoró, a mí no me cuela su imagen, es lo más *opaco* que he visto por redes

@ Paquito93: Puf, seguro que si hace eso también rechaza fotos a sus *seguidores* y les trata mal

@ Misterio9201293: Yo he oído de gente cercana a él que ha pasado de todos sus amigos de la infancia, mucho ego para lo malo que es

@ Antonio__12: Ni idea de quién es este desgraciado, pero por lo que decís lo que necesita es tener que trabajar de verdad y no vivir de estar todo el día en las redes. Cogiendo espigas con sus propias manos le quiero ver

@ Paquito93: Ojalá se arruine su carrera, quiero ver a este inútil tirado en la calle pasando frío, como merece estar

@ Misterio9201293: Espero que con los *hashtags* esto llegue a más gente y puedan bloquear todas sus redes #GazirCancelado #MaltratoAFans #Egocéntrico #Buenosdías?

@ GazirGPS: Buenas noches

Se aleja de nosotros el frío
que aísla el calor de dos cuerpos.

HANDER

soledad

red social

pastillas

Niña con globo, Banksy.

Entre tanta *red social* se está perdiendo la razón
Ahora dar tu corazón es dar *like* a un vídeo en TikTok
El mío vive en *soledad* en el cofre de Davy Jones
Desde que no rinde bien, complejo de Julian Ross.

El médico me ha visto, me ha recetado *pastillas*
Y ahora no puedo dormirme sin tu beso en mi mejilla
En esta celda oscura con ventanas de rejilla
Entra una luz que me ciega y que nunca ilumina.

Como la niña de Banksy dejé que tu amor volara
Con la única esperanza de que un día regresara
Y aunque se perdió en el cielo y entre mil nubes doradas
Cada día al salir el sol **sigo recordando tu cara.**

Sigo recordando tu cara, pero el amor no tiene rostro
Ni voz ni tacto, y si los tiene no los conozco
Aunque en *redes sociales* pareciese aparecer pronto
Solo son una *pastilla* placebo que nos vuelve ciegos
[y sordos
Es un ente que convierte a sabios en sonsos
Hace que la *soledad* tenga un alto costo
Hace a lo amargo dulce, hace el Tiempo corto
Hace lo difícil llevadero, hace suave lo tosco
Convierte en príncipes a monstruos
Transforma un simple gesto en un gran logro
Nos devuelve la capacidad de asombro
Como Banksy convierte en arte muros rotos
Aunque se vea como algo etéreo que **se aleja de nosotros.**

Se alejan de nosotros la *soledad* y el calor del vacío
para recibir abrazos de abrigo en las noches de frío
se aleja de nosotros el frío que aísla el calor de dos cuerpos
se acerca a nosotros el único calor capaz de vencer
[a los inviernos

Dos mitades que se unen para formar una sola
como agua y viento en el mar formando las olas
no hay *pastillas* que curen tanto como el amor
[de las personas
ni *redes sociales* que muestren tanto como
[lo que sentimos a solas.
Dos manos entrelazadas, dos miradas cruzadas,
dos abrazos seguidos, dos sonrisas buscadas
dos te quieros al oído, en dos almas conectadas
dos personas siendo una, sin necesidad de decir nada

Como Banksy sujetando un globo con forma de corazón
solo que el mío es imaginario y simboliza el amor
como el amor de unos padres que sienten admiración
como el amor de un abuelo en **su último adiós**

Su último adiós sonó a portazo
a cristales rotos, a canciones de Sabina,
su último adiós no fue un abrazo,
fue un espérame, un dame vida

Aprender a vivir es vivir amando
contemplo la *soledad* como un mundo
donde por miedo no salto
y por hastío me hundo

Todo el mundo sonríe en una *red social*
como si de un antidepresivo se tratase
pues he visto a más de uno andar
como si él teléfono lo pasease

El globo comenzó a desaparecer,
el sol ya no brilla
en este cielo tan perfecto,
y yo me empiezo a desvanecer
pues **la *pastilla***
terminó su efecto.

La *pastilla* terminó su efecto, tuve que tomar otra.
Mi enfermedad, miedo a la *soledad* entre tanta gente.
Al principio, alivió el dolor sedándome la boca,
pero poco a poco volvían dolores del pasado al presente.

La *pastilla* terminó su efecto, tuve que tomar otra.
Tardó más en aliviar, pues la pastilla era igual,
[pero yo era diferente.
Como el filtro de una *red social* volviéndonos idiotas,
tapaba los defectos, no los solucionaba realmente.

La pastilla terminó su efecto, tuve que tomar otra.
Ya no hacía nada, abusar de ella te hace un dependiente.
Pero seguía enfermo viendo cómo el globo aún flota,
y mientras él subía yo viendo cómo a lo lejos se pierde.

La pastilla terminó su efecto y cuando iba a tomar otra
llegó alguien que me cambió el tratamiento frecuente.
En vez de pastillas eran paseos, risas e ideas locas.
Cada vez había más luz, como cuando acaba diciembre.

En uno de esos paseos noto algo que me toca,
tenía el globo a mi lado porque al final todo vuelve.
Pues somos ese globo que si aprietas mucho explota,
pero conquista el mundo si vuelas con él libremente.

DES

AMOR

Si ya perdimos el hilo,
no intentes coser la herida.

MARITHEA

lápiz

zapato

bandeja

La creación de Adán, Miguel Ángel.

Hay amores en la vida que no son correspondidos
yo lo he vivido, lo he sufrido, y de ellos he estado cautivo
llorar lágrimas de sangre que con mi *lápiz* escribo
lápiz que si pudiese usaría para acabar con este castigo.
No todo son cuentos como el de Cenicienta cuando
[el *zapato* perdió
ni te sirven en *bandeja* de plata una y otra vez
[un nuevo amor
la vida es sufrir, y aprender del dolor,
dolor que se acaba marchando, porque siempre sale el sol.
Un clavo saca otro clavo, eso dicen por ahí
yo lo he intentado varias veces y siento que no es así
ya que si eso fuese cierto yo sería un faquir
me he clavado tantos que sobre ellos puedo dormir.
Conté pétalos de rosas, esperando un te amo
palabra que nunca vino... pero seguí esperando
porque si no es hoy será mañana, y si no tarde o temprano
y si no es de quien pensé, más me sorprenderá
[cuando roce su mano.
Y me despido diciendo que no se le debe temer al desamor
porque quien vive con miedo vive sin ilusión,
y yo prefiero ser un iluso que confía en el amor
a ser un enamorado ciego que **no conoce el desamor**.

Quién no conoce el desamor. La última lágrima del *lápiz* la utilizaré para guardarla en el *zapato* y con ella dibujaré un camino. La línea que trace servirá de recuerdo y las huellas que deje servirán de guía por si algún día decides volver.

Ahora que la distancia nos separa, te siento a centímetros de mí, pero en cuestión de segundos desapareces como una mota de polvo en un huracán. Éramos como dos metales fundidos que al romperse dejan restos de uno en el otro, restos imborrables, afilados, intocables.

En la *bandeja* de la entrada donde dejabas las llaves solo quedan restos de polvo y alguna que otra mancha del carmín marrón que tanto utilizabas. No moveré **nada**.

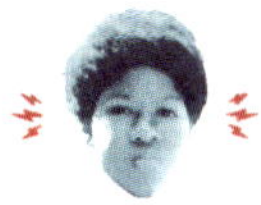

Nada, no hice castillos de naipes por temor al ventarrón
Mejor dejar palabras al aire y que la suerte decida
Tus cartas eran al azar, pero todas decían Adiós
Y sin baraja en mano tuve que ver tu partida
Dices que fui estelar, aunque es el fin de la función
Si ya perdimos el hilo, no intentes coser la herida
He estado en tus *zapatos* cuando se baja el telón
Ahora soy quien aguanta las lágrimas tras bambalinas
Donde quedé en *bandeja* ante la desesperación
Pero **un *lápiz* no hace la Capilla Sixtina.**

Un *lápiz* no hace la Capilla Sixtina

Hoy solo puedo escribirte un «lo siento» usando su mina
En este enorme lienzo de vacíos que suspiran
Susurrándome al oído que ojalá fuese mentira.

Y es que compartimos tanto, junto al júbilo y al llanto
Que casi toda mi historia viene escrita en tus retratos
Separamos los caminos y aún te siento en mi *zapato*
En cada huella que dejo, en cada segundo que mato.

En la *bandeja* de entrada, un par de mensajes tuyos
Que ya ni quiero leer mientras maldigo nuestro orgullo
Caprichoso el desamor y envidioso es el destino
Que nos robó aquellos **besos que pudieron haber sido**

Besos que pudieron haber sido presente y no subjuntivo.
Por valorar algo una vez lo has perdido.
Debo haberte perdido del todo, pues no te olvido.
Y, si solo muere lo que se olvida, algo sigue vivo.

Pensaba que eras un *lápiz*, pero no puedo borrarte.
Ni te quiero conmigo ni quiero alejarte.
Un *zapato* me hace daño, el otro me queda grande.
Se los daría a Cenicienta, pero ya se ha hecho tarde.

Y vuelves a hablarme.
Tus mensajes, la *bandeja* de comida en mi cárcel.
Por un momento pueden alegrarme.
Luego me recuerdan lo triste que soy hoy y lo feliz
[que era antes.

Perdí llamarte con ganas, gané llamadas perdidas.
Cambié sonrisas forzadas y esas caras de mentira.
Por llantos que sinceraban y daban ríos de vida.
No intentes levantarme, es un proceso la caída.
Como Dios y humano nos miran.
Cerca y lejos al mismo tiempo, cuestión de perspectivas.
El tiempo cura todo y yo, con mis manecillas torcidas.
Pero hoy son cicatrices lo que ayer eran heridas.

PRECA

Huele a viento de tormenta,
¿vendrá la calma detrás?
GAZIR
RIEDAD

expectativa

parejas

futuro

La columna rota, Frida Kahlo.

No pude volver, pues tuve que coger las migas
Ya no escucho la conciencia, sí el rugir de mi barriga
Toca salir del plató, buscar un plato de comida
Aprovecha el tocar fondo y cambia la perspectiva

El *futuro* se oscurece junto a la *expectativa*
Parece que el martes trece a veces es rutina
Me da igual cómo amanece si mamá duerme tranquila
Devuélvele el favor y sé tú el que le dé vida

Tengo que abandonar todo, toca abrirse en canal
Por muy poco que tenga, me duele dejarlo atrás
Ojalá este viaje fuera solo por viajar
El mundo es para todos, sal y busca tu lugar

Cuatro hijos, tres *parejas*, no sé cuánto va a aguantar
Huele a viento de tormenta, ¿vendrá la calma detrás?
Mi alma y el barco empatizan y se empiezan a inundar
Esperemos que tu ejemplo nos sirva para cambiar.

RELA
T

IONES
XICAS

Se confunden los halagos y las ofensas.

TIRPA

móvil / teléfono

fiesta

risas / sonrisas

La traición de las imágenes, René Magritte.

Entre el humo, las *risas* y el movimiento frenético de siluetas que provocan las luces vuelve a sonar el *teléfono*. Te apartas un momento del bulto de la gente para poder leer los mensajes:

¿Qué haces en esa fiesta?
¿Estás bebiendo?
¿Con quién estás?
Vuelve a casa.

Piensas: ¿En qué momento mi casa se convirtió en una jaula?

Tengo miedo, miedo de pensar que la persona a la que delegué el derecho de mi amor ahora se siente con la potestad de poder utilizar mi libertad como quiera; miedo de poder sentirme libre estando solo; miedo de pensar que cada uno de mis actos puede desencadenar unos comportamientos que no existían en la persona que yo conocí un día. Tantas preguntas hacen que me consuma como una pipa de fumar, lentamente, quemando todo mi interior, pero nadie se da cuenta porque a nadie se lo conté y la madera de la que estoy hecho mantiene el brillo de su barniz de puertas para fuera. Quise ser libre y quise ser libre contigo, fabriqué alas para que juntos pudiéramos volar, alas que ahora quieres cortar con el cuchillo de tu desconfianza.

Mi libertad soy yo; muchas veces el amor cuando duele no cura, solo cura cuando **deja de doler**.

¿**Y cuándo deja de doler**?

Amar en exceso puede no ser amor, sino obsesión;
cuidar en exceso puede no ser cuidado, sino posesión;
respetar en exceso puede no ser respeto, sino temor;
temer en exceso puede no ser miedo, sino amor...

Esto no es una pipa
esto no es amar
las apariencias engañan
los prejuicios más.

Esto no es una pipa
esto no es respetar
no todo es como tú crees
todos nos podemos equivocar.

Donde tú ves *fiesta*, tú ves droga, tú ves infidelidades,
[tú ves peleas.
Donde yo veo fiesta, yo veo amigos, yo veo desconexión,
[yo veo *risas* ajenas.
Donde tú ves amor a ciegas, yo veo posesión, veo cadenas.
Donde tú ves seguridad y control, yo veo una condena.

Esto no es una pipa
esto no es amistad
este no es tu *móvil*
esto es mi privacidad.

Esto no es un poema
esto no es para recitar
esto es una relación tóxica
conmigo, pero **con nadie más**.

Con nadie más va a permitir que le hagan sentir menos.
Por los polos opuestos había algo malo en algo bueno.
Ni eso es una pipa ni eso era un te quiero.
Era para que se tenga que quedar, no para que se quiera
[quedar,
entonces era un *te tengo*.

De tanto revisarle el *móvil*, le habían bajado su brillo.
De tantos complejos, había olvidado que querer es sencillo.
Como un día le vendió cicuta un malvado florestero,
cree que quien le lleve flores trae veneno en el bolsillo.

No temas salir de *fiesta*, un monumento no está para
[ocultarlo.
No eres un futbolista para que te critiquen por celebrar
[bailando.
Sin haberlo vivido yo, he aprendido de ello tanto.
Yo no sé seguir tus pasos, pero sí quiero intentarlo.

Al final fue a objetos perdidos, y estaba todo allí:
las sonrisas, la autoestima y las ganas de ser feliz.
Yo los había ido recogiendo para cuando se decidiese a seguir,
pues lo único que no se olvida nunca es el cómo **reír**.

¿**Reír** en las *fiestas*?
¿no depender de lo que le molesta?
¿las sonrisas y ser quien eres te cuestan?

Ley del hielo, ya no te contesta
Revisa tu *móvil* para ver tus respuestas
Te lastima y no lo compensa
Tu lugar seguro es una zona tensa
Se confunden los halagos y las ofensas
¿Te quiere? ... dudas de la respuesta
No solo de su parte, es viceversa
Aunque surrealista la realidad se manifiesta
Esta no es una pipa es una vergüenza

Esta no es una pipa es una vergüenza
No es lo mismo imponer el amor por una fuerza
Que dejar que fluya libre sin temor a que se tuerza
Pero recuerdos descalzos andan sobre la maleza.

Como Magritte, mi intención es dibujar los pensamientos
Nuestra obra no es real, es real el sentimiento
«Esto no es una pipa», nunca rellené su adentro
Aunque fume en cada *fiesta* mientras creo en un reencuentro.

Exhalar una calada, suspirar tu último aliento
Ver como lo que eras tú es menos «tú» al pasar el tiempo
Como el humo que al salir se desdibuja con el viento
Olvidando hasta el contorno de las líneas de su cuerpo.

Con un nudo en la garganta y un extremo en cada mano
Nos hicimos aún más daño cuanto más nos amarramos
No supimos ver que no eran suficiente los «te amo»
Y lo que ayer eran *sonrisas* hoy son labios agrietados.

Hoy son dos ojos vidriosos, que ocultan moretones
Un cuerpo que está tendido y un cobarde que se esconde
Hoy son cenizas de horror lo que eran besos y canciones
Y ahora el *teléfono* suena, pero nadie lo responde.

CA
CLIM

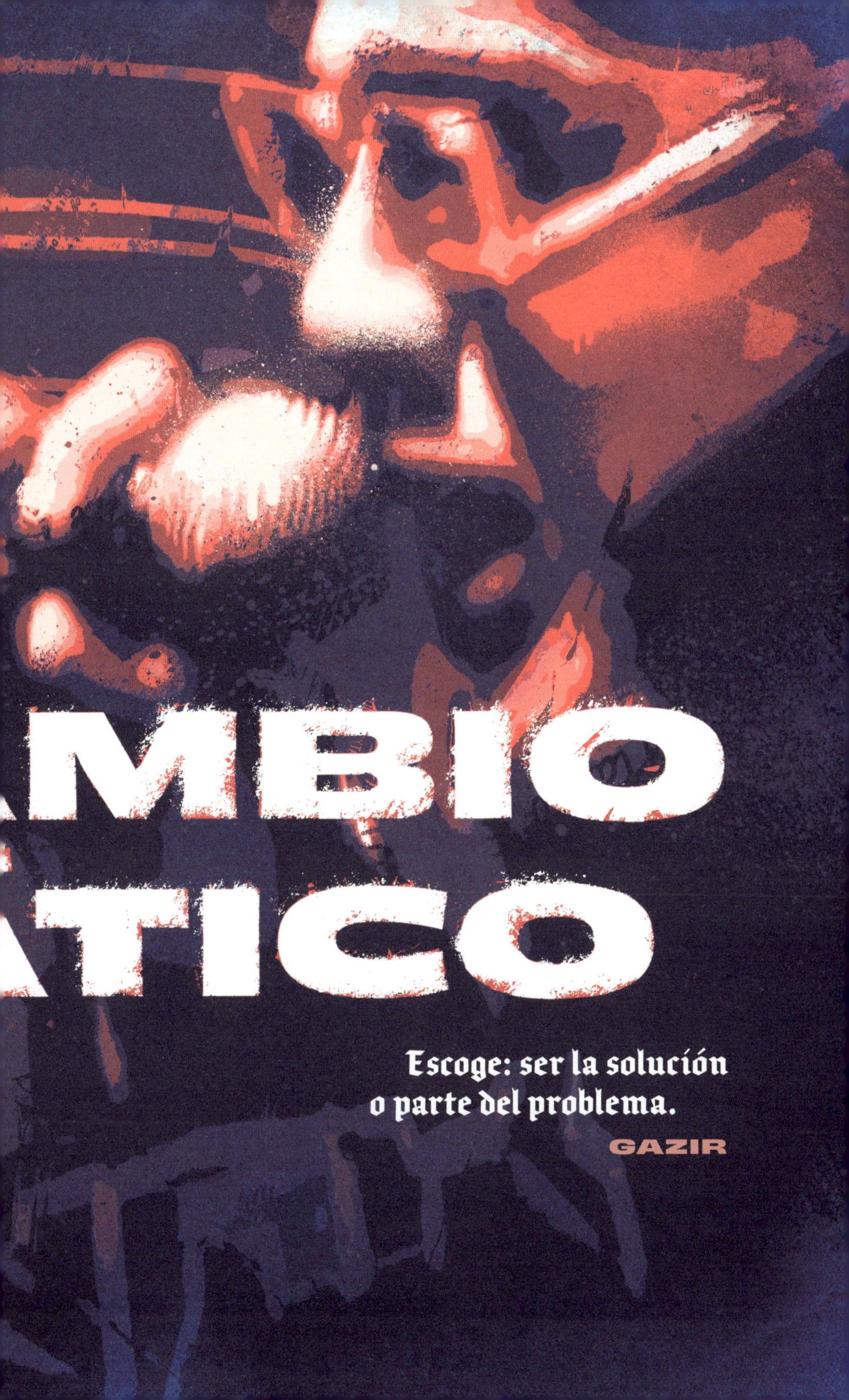
MBIO
TICO
Escoge: ser la solución
o parte del problema.
GAZIR

sequía

fuerza

eco

Muchacha en la ventana, Salvador Dalí.

Si tú quieres *sequía* en otoño y que haga frío en invierno
Parece que no valoras el agua que estás bebiendo
Pero ya te darás cuenta de todo esto
Cuando desde la ventana del segundo den más las olas
[que el viento

El viento tiene *fuerza*, no como tu silencio,
soy consciente del problema y a otros también conciencio,
hay que intentar cambiar antes de cambiar al resto
y hacerlo como la Tierra porque todo empieza dentro

Empieza dentro pero te das cuenta cuando está fuera
Cuando tiras algo al suelo sin buscar la papelera
Te das cuenta de que eres tú la basura verdadera
Escoge: ser la solución o parte del problema

No puedo ser solución si los demás no lo aplican,
pero sigo alzando mi voz por si el *eco* salpica,
formaré parte del cambio que la gente necesita,
y hacerlo necesario es a lo que mi palabra invita.

FEMIN

Es sentido común
y no la unión
de una sociedad secreta.

MARITHEA

moda

color

unión

Mamá, Louise Bourgeois.

Puño alzado en las banderas que muestran solo un *color*
El morado en ese lazo que representa la *unión*
Ni una sola mujer más sola frente al paredón
Hoy es tiempo de actuar no tanto de pedir perdón.

Llevarán el grito al cielo en la red social de *moda*
Denunciando una injusticia o cancelando a una persona
Pero no sirve de nada si nadie se autocuestiona
Y empieza por actuar con la igualdad como axioma.

Solo quiero un mundo libre donde hombres y mujeres
Seamos un millón en uno como puntas de alfileres
Hoy la araña no encontró ninguna presa entre las redes
Pues los grilletes se rompen cuando **sabes que los tienes**.

¿**Sabes que los tienes**? Hablo de derechos que no se respetan
El maquillaje, la cocina, los modales y la boda
El rosa, el blanco, ahora el violeta
¿*Color*? ¿Revolución? ¿*Moda*?
¿Solterona? ¿Histérica? ¿Incompleta?
Más bien, libre, disruptiva e inquieta
Por lo que soy, mas no por el color de una pañoleta
Es sentido común y no la *unión* de una sociedad secreta
Ser como una araña en medio de una glorieta
Y cruzar sin que un futuro se te prometa
Quítate las ataduras, porque aprietan.

«**Quítate las ataduras, porque aprietan**», escuchó, y acto seguido decidió subir por la pared; llegó arriba, se plantó y generando una abrumadora sombra pudo cobijar a todas sus hijas.

Los llantos y la desesperación que provocan el no entendimiento la convirtieron en metal, un metal que no se dobla, un metal que no se parte.

Hizo de la lucha una *moda*, poniendo los derechos en pasarela; rompió la tela de juicio, y tejió una nueva con los *colores* de la esperanza.

El que no la respeta no merece ponerse su tela, pues fue la *unión* la que cosió los últimos botones de su capa, **una capa que siempre debió existir**.

Una capa que siempre debió existir, pero para funcionar al revés que la de la invisibilidad. Esa capa permite poder ver más claramente a las superheroínas que teníamos enfrente, y no nos habíamos dado cuenta.

Miré a mi izquierda y vi a quien esa capa le permitía volar sobre esa brecha enorme del acantilado que tanto miedo había dado antes a los caminantes.

Miré a mi derecha y vi a quien esa capa le hacía capaz de reunir todos los *colores* distintos del universo, para valorarlos como uno igual, consiguiendo la *unión*.

Miré hacia abajo y vi a quien con esa capa ponía de *moda* sonreír, hacía a los pájaros cantar, a las arañas liberar a sus presas y, si miraba al sol fijamente, este se cegaba.

Miré hacia arriba y oí gotas caer, pero no me mojaban. Pensé que podía esquivarlas todas o hacerlas desaparecer, hasta que entendí que sobre mí estaba estirada esa capa. Y la estiraba quien utilizó su superpoder para hacerme sentir un superhéroe a mí desde el día en que nací.

Ahora miro a quienes llevan esas capas como estrellas, pues mire donde mire siempre veo a una de ellas dando **la luz que nos da vida**.

La luz que nos da vida, la luz que nos da *unión*,
unión que se empeñaron en romper,
en lugar de remar en la misma dirección.
Ahora solo hay una bandera, ahora solo hay un *color*
el de todos unidos siendo uno
para hacer de este un mundo mejor
luchando contra viento y fuego,
como araña anclada al suelo.
Es una necesidad, no una *moda*, crear este mundo nuevo
donde hombres y mujeres sean iguales para lo malo
[y para lo bueno
y cambiemos ese pensamiento retrógrado que tan poco
[queremos
y nos quitemos las vendas de los ojos para ver la realidad,
alzando el puño al cielo con un objetivo que cambiar,
entretejiendo los hilos, como una araña en su hábitat
[natural,
para tejer una red sólida que nadie pueda quebrar.

GUE

Si las palabras fueran armas
y la sangre fueran libros...
GAZIR
RRA

caricia

pendiente

suelo

Guernica, PABLO PICASSO.

Yo no quiero dispararte, pero lo tengo que hacer
Por amor a la bandera que tengo que defender
Tú y yo somos iguales y distintos a la vez
Antes matar que morir, antes ganar que perder

Tú quieres tener mi *suelo*, yo por él voy a morir
El destino ha querido que nos crucemos aquí
Hoy son ruinas el hospital en el que nací
Pagarás porque mi hijo no pueda nacer ahí

Nunca recibí una *caricia*, es mi asignatura *pendiente*
No quisiera estar aquí ni llevar este traje verde
La sangre en mis manos es tan fría como caliente
Nos enseñaron a sonreír sin tener que mostrar los dientes

Voy a apretar el gatillo por orden no por instinto
Quizá la guerra pudiera tener un final distinto
Si dejásemos a un lado el odio y egocentrismo
Si las palabras fueran armas y la sangre fueran libros.

FUT

El día a día es lo que importa
y no el qué será de mí.

HANDER

negro

esperanza

unión

Chica dormida, Tamara de Lempicka.

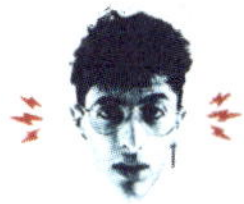

El querer saberlo todo, el no dejar de pensar
El silencio de la noche que acaba por molestar
Cuando pienso en el futuro como mío y nada más
Como si fuese una fuerza que pudiese controlar.

Caminé sin esperanza mientras sujetaba un ramo
Que regaba cada día con un pensamiento insano
Eran *negras* las espinas que me clavaba del tallo
Y la sangre mostró el futuro entre las líneas de mis manos.

Ansiedad y mil temores por querer saber en vilo
Lo que está por ocurrir como si fuese planeado
Tantos miedos y problemas que todos hemos tenido
Pero piensa en cuántos de ellos en realidad han pasado.

Caminé con *esperanza* por la *unión* con mis hermanos
Y regaba cada día la amistad que trabajamos
Entendí que era un presente todo lo que había pasado
El futuro estaba escrito **entre las líneas de mis manos**.

Entre las líneas de mis manos,
su blondo pelo descansaba,
con la tranquilidad del verano,
con la incertidumbre del mañana.

Un profundo suspiro
reavivó la *esperanza*,
pero aquí dormir tranquilo
es jugarse la fianza.

Ninguna bola de cristal
vio ese *negro* tan puro,
como el que yo vi al mirar
cuando hablé de mi futuro.

Todo tiene su eslabón,
todo lo bueno y lo malo,
de ti depende esa *unión*,
ya que la vida es un regalo.

Si lo malo tiene arreglo,
yo, manos de relojero,
y todo ese tiempo que pierdo
lo convertiré en **dinero**.

El **dinero** no es *esperanza*...
Menos cuando sin esperar el tiempo avanza
El pasado se aleja y el futuro nos alcanza
La preocupación no cesa y la ansiedad no descansa
Se habla de blancos y *negros*, de justicias y balanzas
Pero la gloria no es de quien la merece, sino de quien
[la alcanza
Éxito más tiempo en su mayoría es *unión* falsa
No solo se sabe la meta a base de perseverancia
Suerte, situaciones, lugares y circunstancias
¿Dónde termina la hoja cuando con el viento danza?
«Nadie sabe qué va a pasar», me puede servir de balsa
Yo quiero ser la chica que duerme porque predecir **me cansa.**

Me cansa pensar en qué será de mí
me cansa pensar en qué les dejaré a mis hijos para vivir
me cansa pensar en cerrar los ojos y ya no estar aquí
me cansa pensar que nuestra existencia es efímera
[y se va porque sí
me cansa pensar que un día he de morir
y me cansa no haber encontrado el sentido a vivir
sé que un día lo encontraré, y solo entonces me podré ir
y veré desde otra perspectiva la vida que construí
y sé que mi futuro no es *negro* aunque viva en la escala
[del gris
porque viajé al futuro y me vi, hablé conmigo y me convencí
la *unión* de mis dos yoes me mostró en qué me convertí
y no era lo que yo soñaba, pero era feliz
ahí aprendí que no puedo controlar lo que pueda venir
entonces recuperé la *esperanza* que un día perdí
cerré los ojos fuertemente y me volví a dormir
sintiendo que el día a día es lo que importa y no **el qué**
[será de mí.

El qué será de mí se lo pregunté a un vidente
Y vio un precipicio cuya *unión* eran las maderas
[de un puente
Una voz me llamaba desde enfrente
Era mi yo del futuro suplicando al del presente
que cruzase hasta él y olvidase el miedo a la muerte

En el lado del presente tenía comida, bebida y un lugar
[en el que dormir y descansar
En el lado del futuro, ¿qué me podría encontrar?
[¿Por qué me iba a arriesgar?
Mi cerebro me decía que no fuese, pero mi corazón
[me hizo andar
Me enamoré de mi futuro sin conocerlo de verdad

Caminé sobre ese *negro* abismo sin hacer equilibrismos,
[me sorprendí
Pensé que o no llegaría o llegaría temblando hasta allí
Comprobé entonces que no tenía *esperanza* en un futuro
[feliz
Tenía confianza en mi presente para hacer que fuera así.

UERTE
Solo muere quien se olvida.
MNAK

¿Nos vamos ya?

Qué va, aún nos queda cuerda
podemos romper la ventana cuando nos cierren la puerta
y aunque ahora sí sepamos que el final está más cerca
tengo más ganas que nunca de saber si podré verla

¿Cómo la desnudas cuando más lo necesitas?

Se desnuda ella sola y las letras me recita,
y con el micro en la mano en los oídos me grita
«¡sal y haz lo que sabes, aprovecha mi visita!»

¿Qué echarás de menos cuando emprendamos el viaje?

Todo lo que no pude hacer por el miedo a lo que hablasen,
los aviones que no cogí, la falta de aprendizaje,
el miedo al error, el no valorar el paisaje,
pero hacia donde vamos ya no importa ese equipaje.

¿Qué te gustaría ver cuando llegues al destino?

A los que llegaron antes y pensaron que me habían perdido
para decirles que los quiero, que de ninguno me olvido,
que siempre han estado en las letras que escribo.

¿Acaso muere quien se va?

Solo muere quien se olvida.

¿Y crees que nos recordarán?

Seguiremos desde arriba haciendo una vez más
lo que ya hicimos en vida:
darle vida a los demás
a través de nuestras rimas.

CRÉDITOS FOTOGRÁFICOS